へのへのカッパせんせい

ドッ

ま!

HENO-HENO KAPPASENSEI

さく・え
樫本学ヴ

JN029887

キノココ小学校《しょうがっこう》
一年生《いちねんせい》の　クラスの
かえりの会《かい》です。
たんにんの　へのカッパ先生《せんせい》は
明日《あした》の　えんそくの　ことを
はなして　います。

このおはなしの
しゅじんこう
へのカッパ先生《せんせい》
えんそく
もちもの
1ねんせい！
えんそくのしおり
キノココ小学校！
ふくたんにん
たつのオトシ子《こ》先生《せんせい》

「それでは
明日《あした》の　えんそくの
行《い》き先《さき》を　はっぴょう
するへの！」

PON
わあぁ..

クイズ 明日《あした》の 行《い》き先《さき》は ここだ!

この 絵文字《えもじ》を かいどくせよ!

※左《ひだり》から右《みぎ》によんでね。

○○○○○○ (6もじだよ)

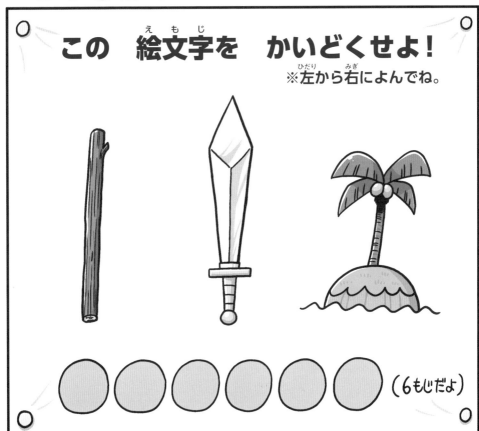

「ぼう」と
「けん」と
「しま」だから
あ〜わかった〜!!
ぼうけんじま!!
ピンポ〜ン!!
なが田《た》くん
大《おお》かみくん
しば山《やま》くん
パオ太《た》くん
ポン子《こ》ちゃん
チューやん

まちのちず

ぼうけんじまは
この町《まち》の　うみに　うかぶ
いろんな　しかけや
なぞが　いっぱいの
ふしぎな　しまです。

「たのしそう！」
みんなは　早《はや》くも
大《おお》はしゃぎです。
しかし　そのとき
大《おお》きな　ためいきが
きこえて　きました。

「やだなぁ〜〜、
えんそくで　ぼうけんなんて
しんどいだけじゃ〜〜ん。
あたし　長《なが》く　あるきたくな——い！」
そういって　いやそうに
大《おお》きな　ためいきを　ついたのは
ポン子《こ》ちゃんでした。

あ〜〜ああ〜〜
いきものがかり
エサをあげすぎないように！
はをたいせつに
ギュア
えんそく
さくしゃカッシーのだじゃれコーナー
ぼうけんで　だじゃれ　いっても
ほぼ、うけん！
つまんねーぞ

「どうせなら　こんな　えんそくの　ほうが　いいと　おもわない？」
ポン子《こ》ちゃんは　目《め》を　かがやかせて　いいました。

えらべ！

みんなは
どれがいい？

ガロロロ。。
オホホ…♪

リッチな　オープンカーに　のって……

プァーン
しんかんせん へのぞみ ごうへの！
うまー！
えきべん

さいしんがたの　しんかんせんに　のって……

うみに 行って くる〜ぞ〜！
だじゃれ とられた…

かっこいい　クルーザーせんに　のって……

きんじょの
ハムこうじょうを
しゃかいべんきょうのため
見学《けんがく》して……

ムハー

ししょくの
ハムを　たべる!

ちょっと　とおくの
かまぼここうじょうで
みんなで　手《て》づくりの
たいけんを　して……

うまー!!

できたての
かまぼこを
たべる!

うみで
しんせんな　さかなを
たくさん　つりあげて……
おさしみにして
たらふく　たべる!

ぜんぶ　たべること
じゃーーん!

そうなのです。
ポン子《こ》ちゃんは　キノココ小《しょう》で
いちばんの　くいしんぼうで
ちょっぴり　わがままな
女《おんな》の子《こ》なのです。

やだやだやだやだやだ…
あたし
明日《あした》の　えんそく
いきたくな〜〜い！
またポン子ちゃんのわがままがはじまった…
こまったゆね…
おとしもの パンツ
えんそくのしおり

「そうだ、明日《あした》の　えんそく
うちの　リューも
いきたがっているから
つれていくへの！」
「え、リューくんも　くるの？」
へのカッパ先生《せんせい》の　ことばに
オトシ子《こ》先生《せんせい》が　目《め》を
かがやかせて
いいました。

リューくん？

かわいくてイケメン!!

「リューくんは、
へのカッパ先生《せんせい》の　ところに
すんでいる　ドラゴンで、
かわいくて　あまえんぼうの
イケメンの　男《おとこ》の子《こ》だよ！」
オトシ子《こ》先生《せんせい》が　いうと……

ムハー!!
さくしゃカッシーのだじゃれコーナー
ハンサムがゆき山《やま》でしょくじをしているよ。
「今日《きょう》のごはん、さむー!!」

「明日《あした》の　えんそく
ぜったい　いく――！」

きゅうに　元気《げんき》になった
ポン子《こ》ちゃんを　見《み》て
みんなは　かおを　見《み》あわせ
にがわらい　しました。

そして
つぎの日《ひ》
今日《きょう》は　おひさま　キラキラ
えんそく日《び》よりです。
一年生《いちねんせい》にとって　小学校《しょうがっこう》での
はじめての　えんそくです。
みんなは　大《おお》きなリュックを　せおって
ワクワク　えがおで
とうこうして　きました。
おはよー!
今日《きょう》も　ぜっこうちょう!
ハムス田《ぜ》校長《こうちょう》
もう　つかれた〜〜!
まだ　しゅっぱつも　してないでしょ!
もう　おやつたべてる〜〜!
ゴリ村《むら》先生《せんせい》
ぜんぶ　おやつ
みんな　わすれものは　ないざますか〜!
イナリ副《ふく》校長《こうちょう》

みんな―――!
リューを
つれてきた
へのよ―――!

へのカッパ先生《せんせい》が
つれてきたのは、
ポン子《こ》ちゃんの
そうぞうとは　ちがった
小《ちい》さくて　ふしぎな
生《い》きもの　でした。

プニューーーン！
おへのー
ございまーす！
わっ

この子《こ》は
へのカッパ先生《せんせい》の
ペットで、
赤《あか》ちゃん
ドラゴンの
「リューくん」と
いいます。

リューくん
かわいい〜〜!!
でしょ！

ぽむ〜ん

「うわぁ〜〜〜！
このこのどこが
イケメン　なのよ〜〜！」
ポン子《こ》ちゃんは
ふまんげに
さけびました。

ちなみに
よく　見《み》ると
イケメンへの！

プニュ
キラー！
どこがじゃー!!
ドン

ポン子《こ》ちゃんは
リューくんを
ふりはらいました。

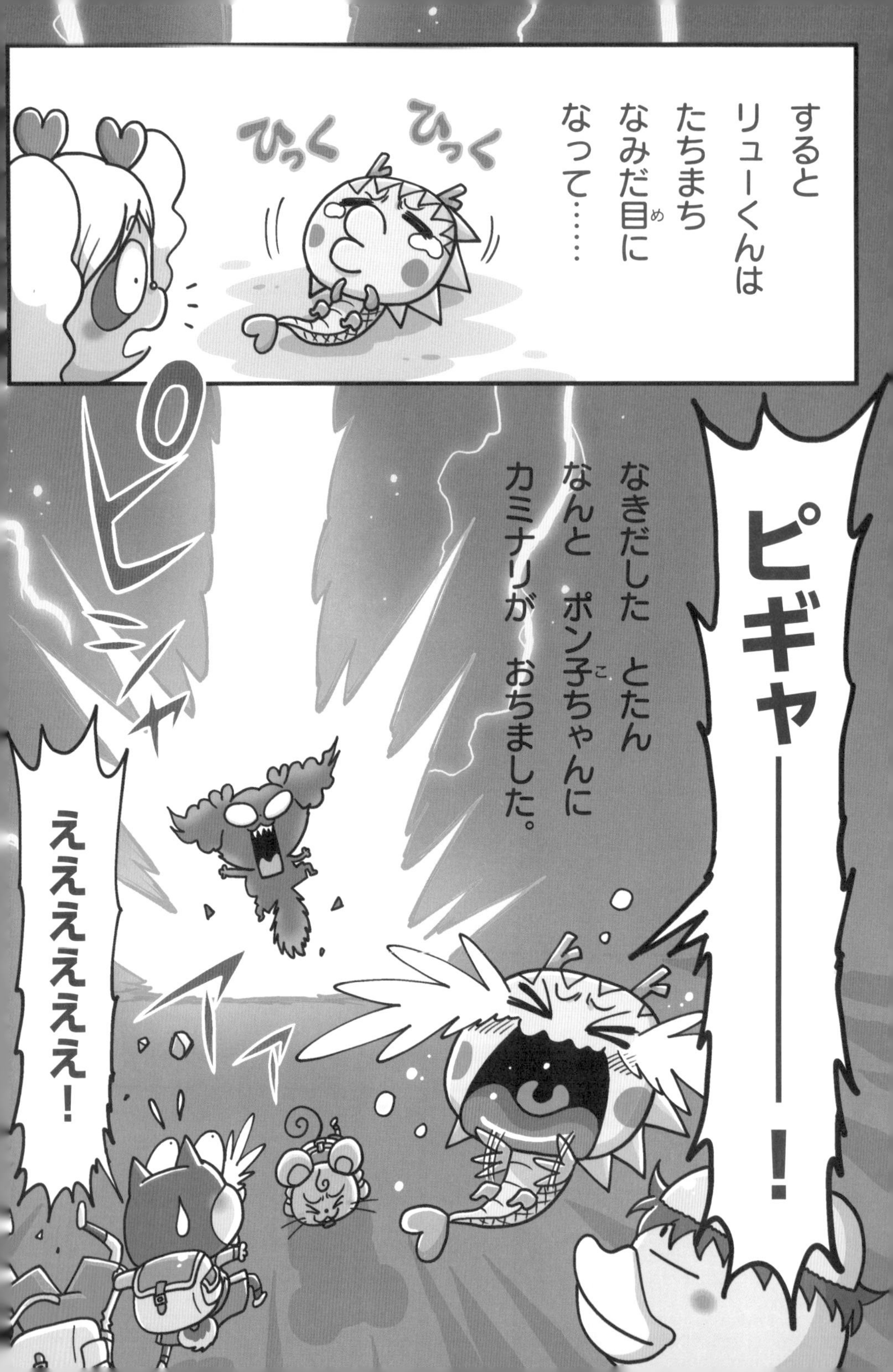
するとリューくんはたちまちなみだ目《め》になって……
ひっく　ひっく
ピギャ――！
なきだしたとたん　なんと　ポン子《こ》ちゃんにカミナリが　おちました。
ええええええ！

どうやら　赤《あか》ちゃんドラゴンの
リューくんは、なきだすと
カミナリを　おとしてしまう　みたいです。
「そういうことだから
ポン子《こ》ちゃん、きを　つけて
リューの　おせわを　たのむへの！」

プシュ〜
ちゃんと トイレの せわも おねがいね！
え…
プスプス…
だいじょうぶ でますか？

ということで ポン子《こ》ちゃんは リューくんの おせわがかりに けってい！
うそ でしょ!!
プニュ〜
プ!!
リューの あいては たいへん だったから たすかった への〜〜！

「それじゃあ、出発《しゅっぱつ》への！」
へのカッパ先生《せんせい》の　こえが
ひびきました。
ぼうけんじまへ　わたる
みなとへ　むけて、
まずは　バスに　のって
出発《しゅっぱつ》です。
そのとき、
なが田《た》くんが
気《き》がつきました。
「あれ、オトシ子《こ》先生《せんせい》は？」
たしかに　今日《きょう》は
だれも　オトシ子《こ》先生《せんせい》を
見《み》ていません。

プップ〜
ちゃんとすわりなさ〜い!!
いってらっしゃ〜〜い
キノコ小学校
ナー
カッシーのおかし

「オトシ子《こ》先生《せんせい》は
たいせつな
ようじが　あって
今日《きょう》は　お休《やす》みへの」
みんなは
大《だい》すきな
オトシ子《こ》先生《せんせい》が
こられなくて　とても
ざんねんに　おもいました。

ええ〜っ

「でも　かわりに　オトシ子《こ》先生《せんせい》から
これを　みんなに……って
あずかって　いるへの！」
そういって　へのカッパ先生《せんせい》は
大《おお》きな　はこを　とりだしました。

はこには
つぎのような　はりがみが
はってあります。

（ヒント：えんそくに　かかせないものだよ）

いったい　中《なか》には
なにが　入《はい》って
いるのでしょう？

そうです。
「おやつ」ですね。

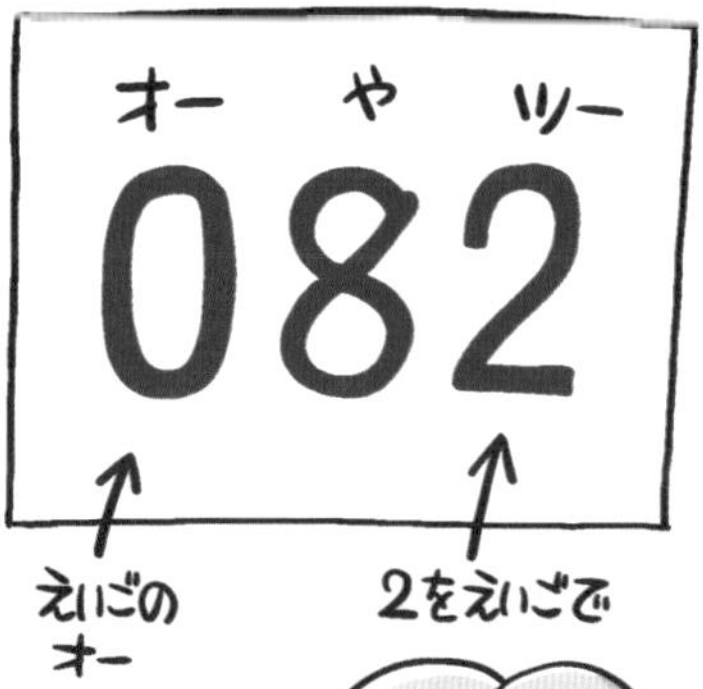
オー　や　ツー
082
えいごの
オー
2をえいごで

はこの　中《なか》には
オトシ子《こ》先生《せんせい》が
よういして
くれていた　あめ玉《だま》が
みんなに　一《ひと》つずつ
入《はい》って　いました。

オトシ子《こ》先生《せんせい》みたいな
あめだまだ~!!
オトシ子《こ》あめ

しかし　ポン子《こ》ちゃんが
あめ玉《だま》を　うけとろうとした
しゅんかん、リューくんが
たべて　しまいました。

パク
ーッ
あ~~~!!

こら~~
リュ~~~!!

どうやら　リューくんも
ポン子《こ》ちゃんと
おなじくらい
くいしんぼうの　ようです。

そして　バスは

みなとに　とうちゃくしました。
グルグル　うずを　まく
なみの　むこうに
ぼうけんじまが　見《み》えます。

「ここからは　ふねに　のって
ぼうけんじまに　わたるへの！」
みんなは　ワクワクしながら
ふねに　のりこみました。

ぷにゅ〜…
リュー　おりてきなさーい!!
しおかぜが　気持《きも》ちいい　への〜〜！
プリ
なみが　すごい　ざますね！
ぼうけんじま
←この絵《え》と　おなじ　もようのカモメを　さがしてみよう！

めいろ　グルグルなみを　のりこえろ！

たこやきうホー!!
スタート
しゅっこ〜〜う!!
いきなり
よったぽます〜!
プシュー
キュ〜

ヒトデが7ひきいるよ！　さがしてね。

かいぞく
カッシーもいるぞ！
みつけ
られるかな？
まけない
パオ〜！
ゆ〜!!
ぼうけんじま
ゴール
このしまじゃ
ないいな…
へのカッパ
先《せん》生《せい》
みたい！
©さかさにこそみんね！
ぼウンけんじま

ぼうけんじまに
とうちゃくした
みんなの　まえに
大《おお》きな　もんが
行《ゆ》く手《て》を
はばみました。
どうやら
パスワードを
うちこまないと
あかない　ようです。

あんごうを　といて
パスワードを　うちこめ！

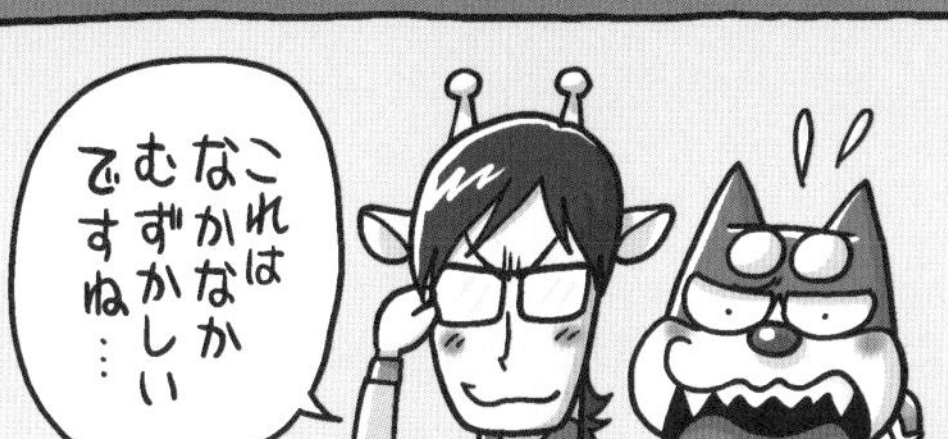

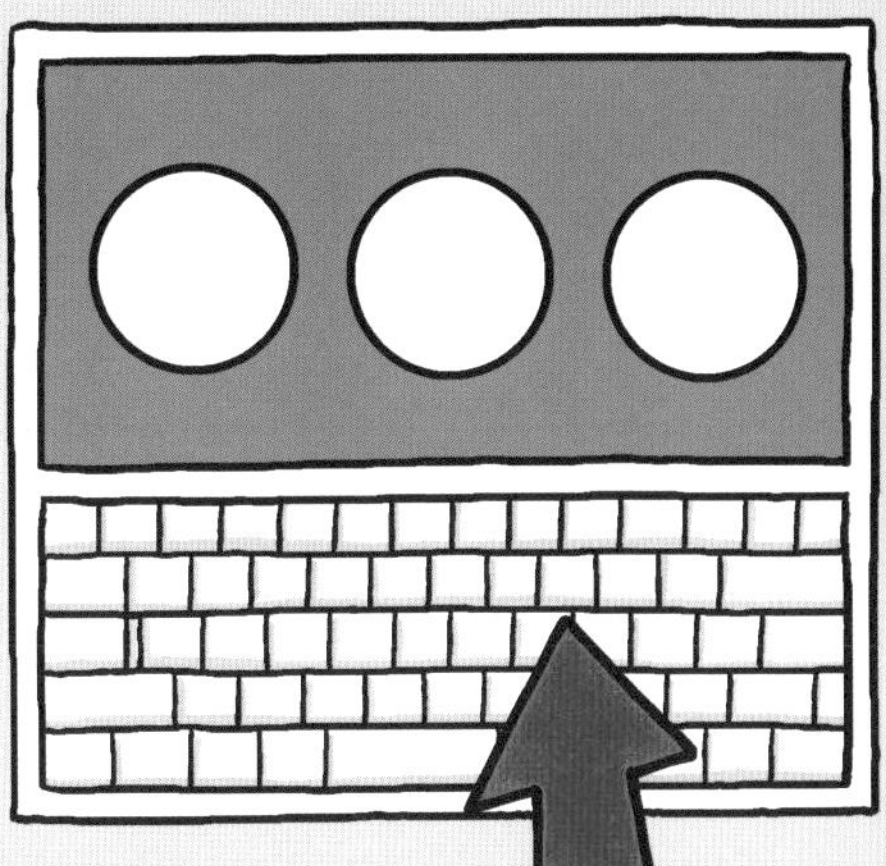

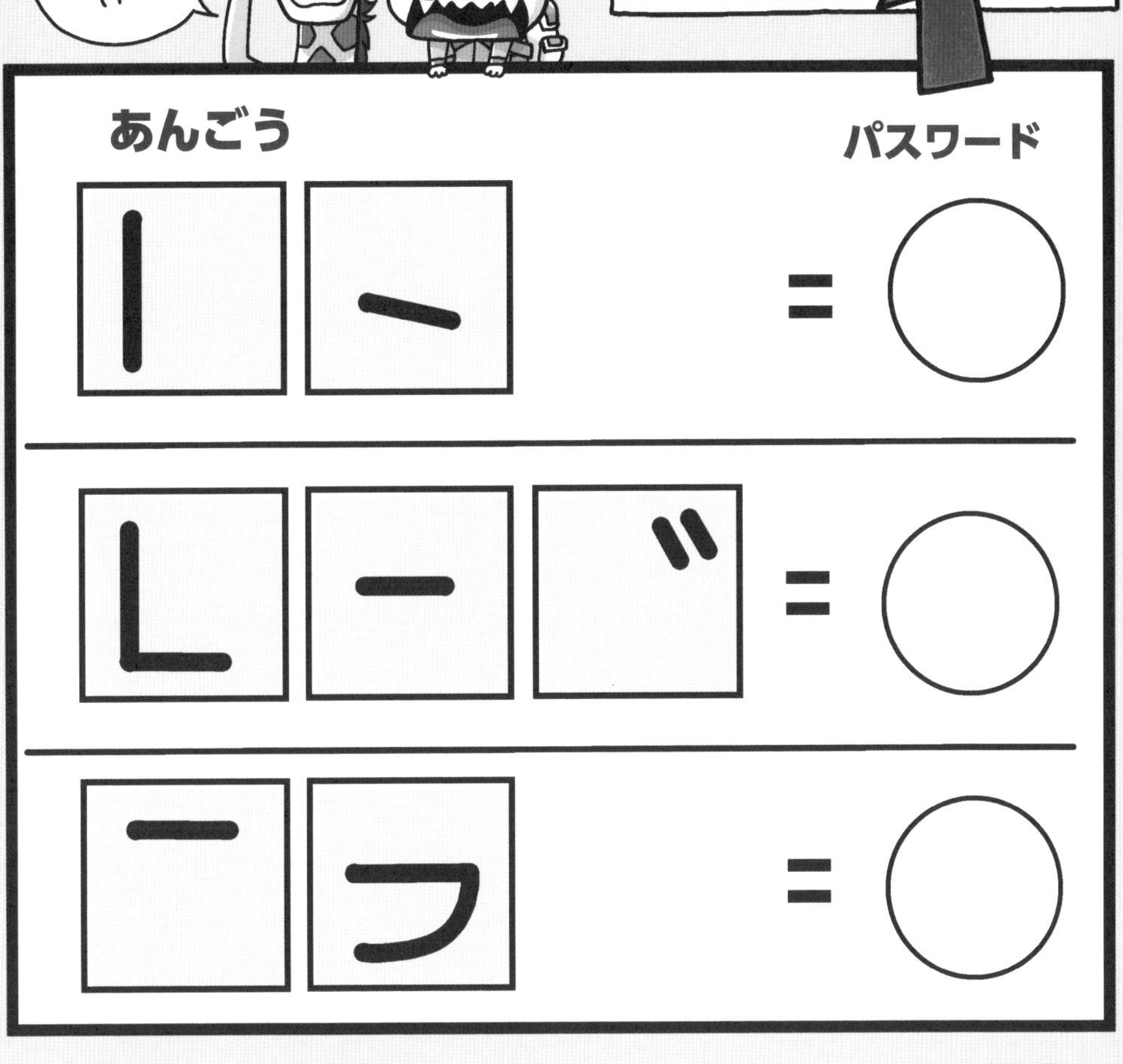

ヒント

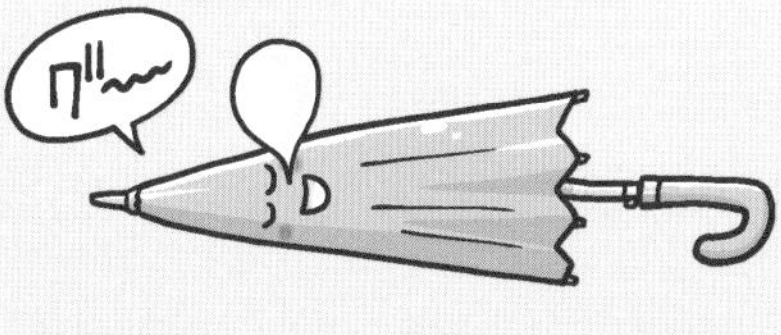

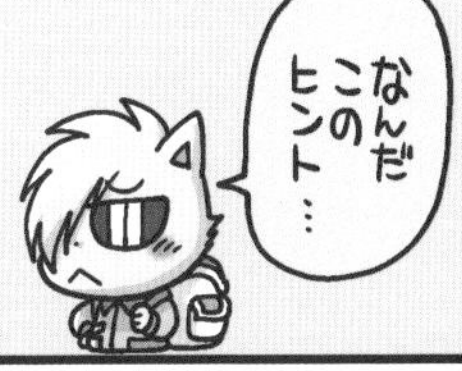

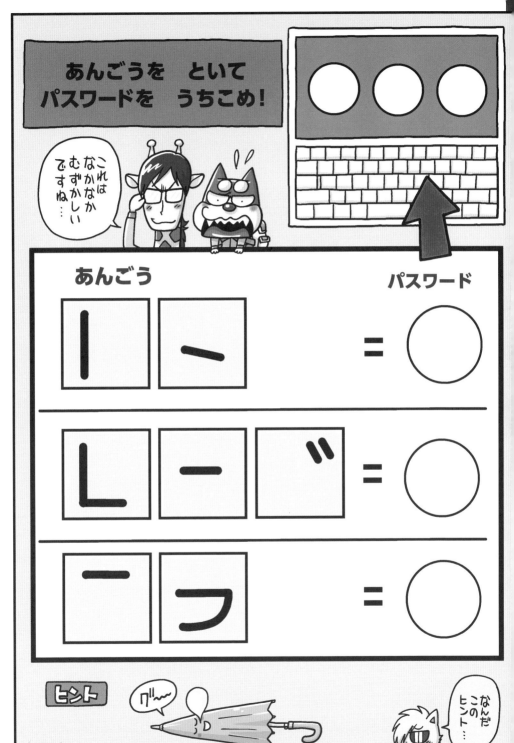

ヒントは
かさが　ねてる
え　だから……
ヷ〜〜
かさが
ねる…
かさ
ねる…
あーー、そうか！
パネルを
「かさねる」って
ことへのーー！

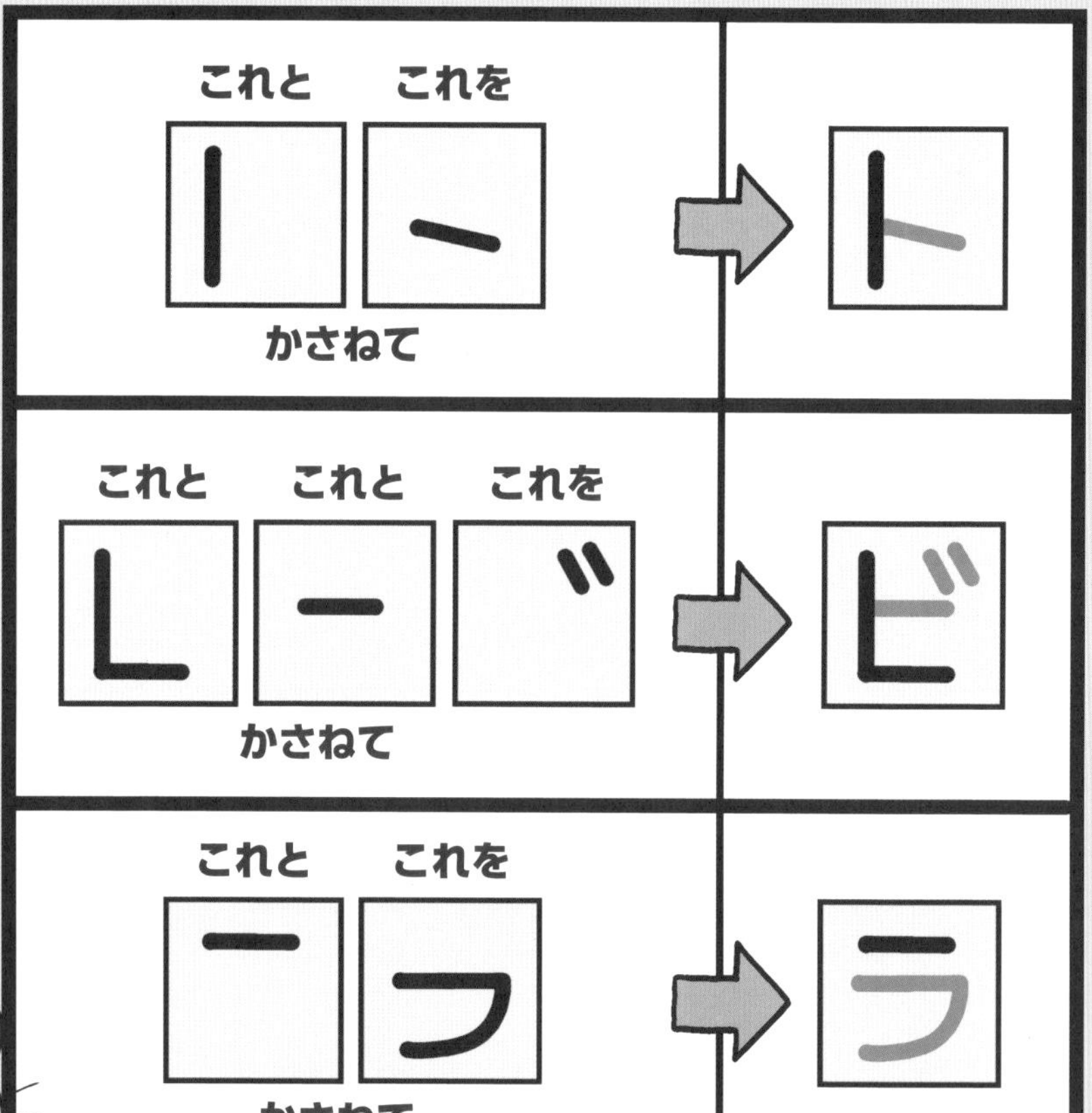
これと
これを
かさねて
これと
これと
これを
かさねて
これと
これを
かさねて

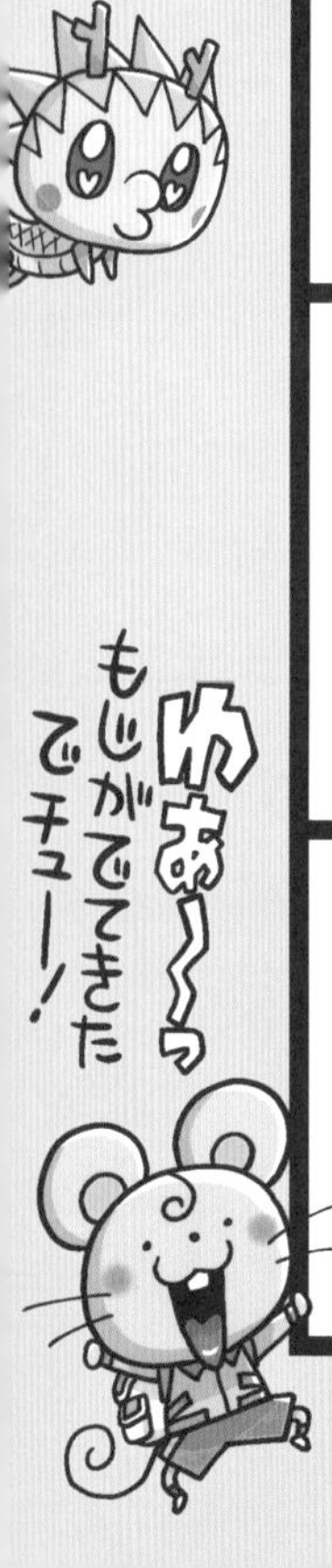
わあ〜〜っ
もじがでてきた
でチュー！

なが田《た》くんが「トビラ」をパスワードとしてうちこむと……
トビラ
ト・ビ・ラっと…
ギギギ‥
ひらいた――!
プシュー
もんの 大《おお》きな トビラが 音《おと》を 立《た》てて ゆっくりと ひらきました。
みんな 見《み》るへの!!
さくしゃカッシーのだじゃれコーナー
パネルのうえに パパ、ねる!
ぐ〜〜
パパー!!

「あれが　えんそくの
目的地《もくてきち》、
プリット山《さん》への！」

ぷ
ふるいしんでん
なにやらぶきみなかげが…!!
こらー
リュー!
ガァァ
プニュ
リュー!
そっちはあぶないでしょ!
あ、へのへのちょう!

ジャングルの
森《もり》の　むこうに　そびえる
プリット山《さん》は
へのカッパ先生《せんせい》の　あたまに
そっくりでした。

「プリット山《さん》の　頂上《ちょうじょう》　目《め》ざして
出発《しゅっぱつ》への――!」
へのカッパ先生《せんせい》を　先頭《せんとう》に
みんなは　元気《げんき》に　あるきだしました。

しばらく　いくと
ちかみちの　トンネルが
ありました。
しかし　中《なか》は
まっくらです。

オオオオオォ…
ぶきみだね…
ちかみち
つかれたから
あとで　おいかける
ざます……！

「やだー！　気持《きも》ちわるーい！
なが田《た》くん、先《さき》に　いきなさいよ！」
「ポン子《こ》ちゃん、おさないで！」
みんな　こわくて
なかなか
中《なか》に入《はい》ろうと
しません。

「しょうがない
へのね……」
へのカッパ先生《せんぱい》は
ゆっくりと　ふりむき　いいました。
「じゃあ、へのカッパじゃんけんで
入《はい》る　じゅんばんを　きめるへの〜！」

オバケが
でそうパオ…

どよ〜ん
まけた人《ひと》が
せんとうね〜…
わ〜〜!!
かいちゅうでんとうで
あそぶな——!!

くらやみに　うかぶ
へのカッパ先生《せんせい》の　かおに
みんなは　こしを
ぬかしそうに　なりました。

みんなもやろう!
へのカッパじゃんけん
へのカッパじゃんけんは
つぎのような　ポーズで
かちまけを　きめるへの!
パー
あたまから
パッと　おならを
出《だ》すみたいに
グー
おならを
ふんばってる
みたいに!
チョキ
スッキリ〜!
よろこんで!
へのカッパじゃんけん
ふきゅういいん会《かい》　会長《かいちょう》

へのカッパじゃんけんの　やりかた

①
まず
手《て》をこんな
かたちにして
②
へのカッパ先生《せんせい》の
くちばしの　ように
じぶんの　口《くち》の
ところに　もってくる
③
「へのカッパ
じゃんけん……」の
かけごえと　ともに
手《て》を　パクパク
ひらいたり　とじたりしよう！
④
「じゃんけん……」で
両《りょう》手《て》をくるくる
まわし……
⑤
「ポイ！」で
それぞれの
ポーズを　しよう！
あ～～
まけた～
かち

かぞえろ!!
へのカッパじゃんけんで　じゅんばんを　きめて、
トンネルの　中《なか》を　すすむ　みんなの　まわりには、
オバケが　たくさん！　なんひき　いるか　かぞえてね。
なんか おぞましい においが…
それ先《せん》生《せい》の おならへの!
サングラスで くらくて 見えない…
こわいのに わざわざ こんな もんだい 出《だ》さないで!

わぁ〜
ヒョオオオオオオオォ…
ヒント

そして
トンネルを　ぬけると
ふかいふかい　たにに　出《で》ました。
たにには　はしが　なくて　このままでは
先《さき》には　すすめそうに　ありません。

「もう　ひきかえそうよ」
ポン子《こ》ちゃんは　すでに
あきらめモード　です。

「あそこに
なにか　かいて
あるへの！」
へのカッパ
先生《せんせい》が、
たにの
むこうを
ゆびさし
ました。

どうやら　このたにを　わたるための
ヒントの　ようです。
「いったい　どういう　いみへの？」
みんなは　あたまを　ひねって
かんがえました。

ヒント
これまた
なんもんですね…
おなか
すいた〜！
プリ

なんとなく
花《はな》のように　見《み》えます。
ぼうしを　かぶった
サボテンにも
見《み》えてきました。

うんうん
アミーゴ
なんだよそれ！

う〜ん、このかたち
どこかで　見《み》たことが
あるんだよな……
どこだったかな〜〜…
う〜ん

へのカッパ先生《せんせい》は
くびを　大《おお》きく
かしげて　かしげて
かんがえる　うちに……

さかさになって
ころんでしまい
ました。
しかし、そのとき
ヒントを　見《み》た
へのカッパ先生《せんせい》は
ひらめきました!

ヒント
あー!

「この本《ほん》を　よんでいる
そこの　キミ!
つぎの　ページは
本《ほん》を　さかさにして
よんで　ほしいへの!」

えー!!
そうすれば
このたにを
わたることが
できるへの!
くるん

いま　この本《ほん》を
よんでくれている　キミが
本《ほん》を　さかさに　してくれた
おかげで、
へのカッパ先生《せんせい》たちは
さかさに　なった　たにを、
くもの　トランポリンを　つかい
ジャンプして　わたって
いく　ことが　できました。

え〜っ
すご——い
ゲームみたい！
ぽよ——ん
チャリーン！
あ、コインだ！
じめんが
はんたいに
なった！
本《ほん》を　さかさにして　よんでね！

そうです。
ヒントは　さかさに
なっていた「本《ほん》」の字《じ》。
つまり　本《ほん》を
さかさにする
と　いうこと　でした。
ヒント
本
わーい！
このくも
トランポリン
みたいへの〜！
谷《たに》をこえたぞ！

「くもの　トランポリン
たのしかったね！」
たにを　わたった　みんなが
よろこんでいると、

ポン子《こ》ちゃんが
じめんに　たおれこんで
うごけなくなって
しまいました。
「だいじょうぶ？
ポン子《こ》ちゃん！　どこか
ケガでも　したの？」

「お……、お……」
ポン子《こ》ちゃんは
きえ入《い》りそうな
こえで　いいました。

おならが
出《で》そうなの？
ちがうわよ！

「おなかが　すいて
うごけないの！
おべんとう　たべるまで
ここから　一歩《いっぽ》も
うごかない　からね！」
そういって　だだを
こねはじめました。

ジュースのみたーい
ポン子《こ》ちゃんのまねしてる
またはじまった…
へのカッパものしりコーナー
「ジュース」と、しょうひん名《めい》にかいていいのは
果汁《かじゅう》100パーセントの
ものだけだよ！
これおれんちのオレンジ

「もうすこし
がんばろう!」

「わがまま
いわないで!」

みんなの
せっとくも　きく耳《みみ》　もたず、
ポン子《こ》ちゃんは　だだを　こねて
みんなを　こまらせました。

「めちゃめちゃ
うごけてる
じゃん!」

みんなが
あきれた
そのとき……

とつぜん　へのカッパ先生《せんせい》が
しんけんな　かおで
まえを　ゆびさしました。
ポン子《こ》ちゃんも
さわぐのを　やめて
先生《せんせい》の　ゆびさすほうを
見《み》ました。

そこには
みどりに　おおわれ
くちはてた
ふるい　しんでんが
ありました。

ふるい　いいつたえ　では、
大《おお》むかし　一《いっ》ぴきの大《おお》ヘビ
「オロチ」が　すみつき、
あばれたせいで　ほろぼして
しまった　しんでん……。

その　オロチは
いまでも
ここに　かくれていて
人《ひと》を　おそうという
うわさへの！

へのカッパ先生《せんせい》が
オロチに
見《み》つからない
ように、
しずかに
あるきだした
そのとき！

ゆかの　ブロックを　ふんだ　しゅんかん、
ものすごい　音《おと》が　なり　ひびきました。
どうやら、このゆかは　音《おと》が　なる　しかけに
なっている　ようです。

わ〜っ
ン
プ!!

ここに　なにか　かいて　あるへの!
「そらをいくな」
ヒント
そらをいくな
とべないから　そらなんて　いけないに　きまってるじゃん!

よく　見《み》ると　ゆかの　タイルが
ピアノの　けんばんのように　なっています。

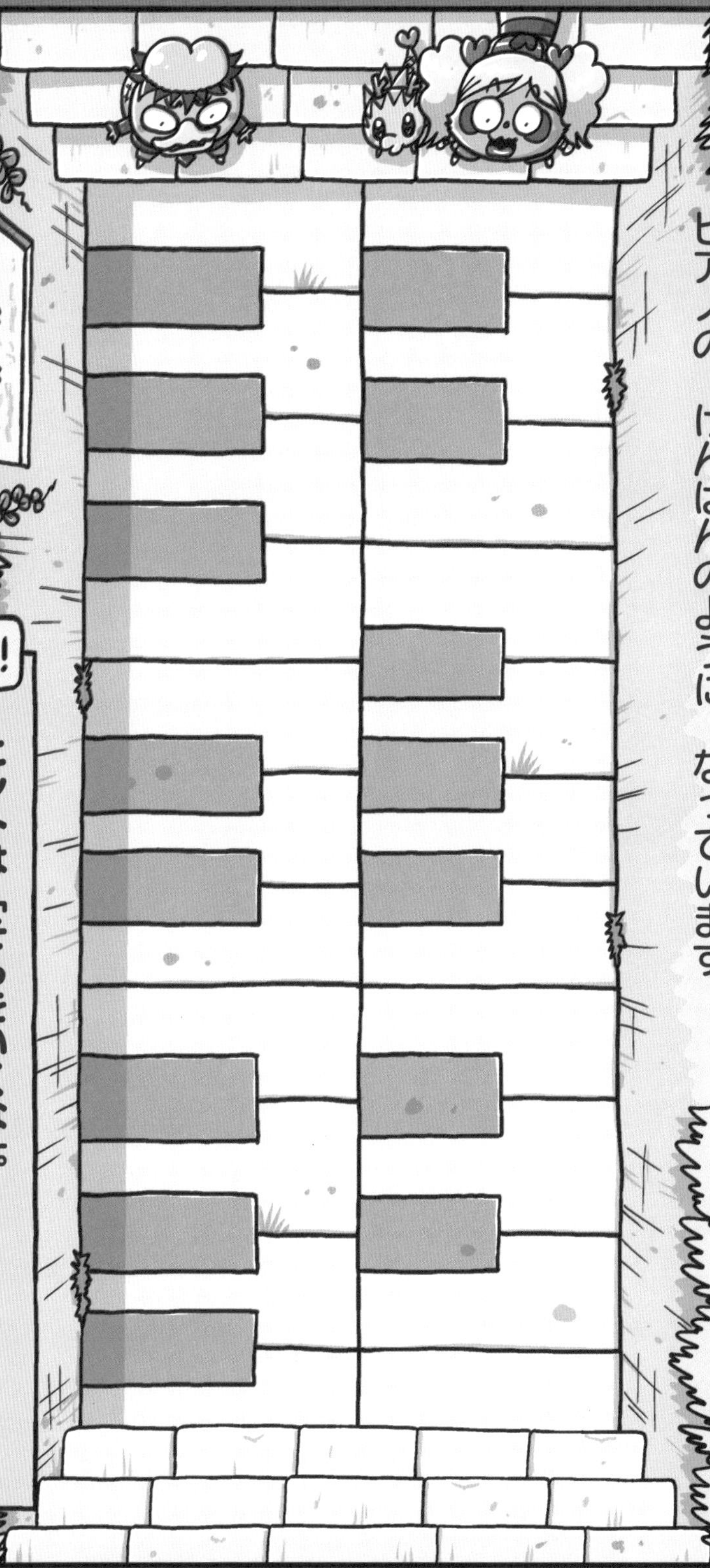

わたれ！

ヒントは「そらをいくな」。
さあ、どうやって　わたれば　いいのかな？

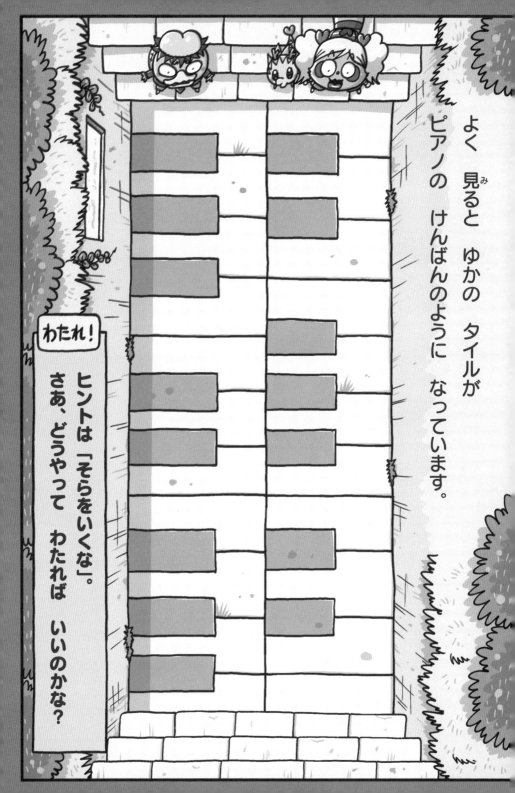

「『そらを　いくな』って
ゆかの　けんばんの
ソとラの　ところは
音《おと》が　出《で》るから、
ふんじゃ　ダメって
ことじゃ　ないかな？」
なが田《た》くんが　いいました。
ドレミファソラシ
おー!!
そらをいくな!
えーっと
ド・レ・ミ……
みんな
きをつけて
パオ〜〜!
ほんとうだ!
ソとラ　いがいの　ところは
音《おと》が　出《で》ないぞ!

みんなは
なが田《た》くんの
おかげで
音《おと》の出《で》る　ゆかを
しずかに
とおりぬける　ことが
できました。

「よかった～！　オロチに
見《み》つからなくて……」
みんなが　ホッとした
そのとき、
リューくんが　きゅうに
うごかなく　なりました。

グッ
グッ
いいかげんにして！
おいてくよ！

なんと
おなかが　すいた　リューくんが
とつぜん　なきはじめた　では
ありませんか！

まんま～～～～!!
ド!
えぇ～!!

まんままんままんままんま
まんままんままんままんま〜!!
ドドーン
ドドーン
ドドーン
わ〜…
リュー!! わがままが すぎるわよ〜!!

このままでは
この しんでんの どこかに
かくれている という
オロチに 見《み》つかって しまいます。

おなかが すいて わがままに なるって、ポン子《こ》ちゃんと いっしょじゃん!
どうにかしてよ〜〜!!
まんま〜〜!!
あたしと いっしょ……?

「もう　ダメだパオ！
リューくんを　おいていこう！
リューくんなら　ドラゴンで
おなじ　ヘビの　なかまだし、
きっと　だいじょうぶパオ！」
そういって　気《き》のよわい　パオ太《た》くんは、
ポン子《こ》ちゃんの　手《て》を　ひっぱって
はしりだしました。

「ほんとうに　このまま
おいていって　いいの⁉」
とりのこされたことも
わからないまま
なきさけぶ
リューくんを　見《み》て
ポン子《こ》ちゃんの
こころは　ゆれました。

「いいわけない‼」

ポン子《こ》ちゃんは　パオ太《た》くんの
手《て》を　ふりはらい、
リューくんの　もとへ
かけだしました。

そして……
おもいきり
リューくんを
だきしめました。

すると　いままで
大《おお》なきしていた
リューくんが
ふ……っと　しずかに
なりました。

ポン子《こ》ちゃんや
みんなの　おもいが
つうじたので
しょうか……。

リューくんは
ポン子《こ》ちゃんの
うでの中《なか》で　スヤスヤ
ねいきを　立《た》てて
ねむっていました。

「なきつかれたのね」
ポン子《こ》ちゃんは
リューくんの
ねがおを　見《み》ながら、
ほほえみました。

「よかった～！
ポン子《こ》ちゃんみたいに
いつまでも　だだを
こねられたら
どうしようかと　おもったよ！」
なが田《た》くんが　ぼそりと
いいました。

あたし
みたいに……!?

バタバタ。。
やだ〜!!
ジュースのみた〜い
やだやだやだ!!
また はじま
ヤ〜だ〜〜〜!!
やだやだやだやだやだ…
あ〜〜ああ〜
おなかすいた〜!!
どこがじゃー!!
ドンッ
もう〜つかれた〜…
なが田《た》くん!!
あ、ごめん……

そのとき
ポン子《こ》ちゃんは
気《き》がつきました。

いままで　じぶんの
わがままで
みんなを　こまらせて
いたことを……!

ポン子《こ》ちゃんは
はずかしくて　はずかしくて
むねが　ギュッと　なりました。

そう　みんなに
あやまろうと
した　とき……

なんと　ポン子《こ》ちゃんの
立《た》っていた　ところは
オロチの　あたまの　上《うえ》だったのです！

「みんな　にげて！
あたしなら　だいじょうぶ　だから！」
ポン子《こ》ちゃんは、オロチの　からだを
すべりだいの　ようにして
一《いっ》気《き》に　すべりおりました。

へのカッパものしりコーナー
「目《め》からウロコがおちる」っていうけど
ヘビは脱皮《だっぴ》のとき、本当《ほんとう》に目《め》をほごしている
うろこがおちる（はがれる）への！
だっぴ!!

「いまの　うちに　みんなは
そのがけを　のぼって　にげるへの!」
へのカッパ先生《せんせい》は　みんなの　うしろを
ゆびさしました。

見《み》上《あ》げると　そこには
プリット山《さん》の
頂上《ちょうじょう》が　見《み》えます。

そんなの
へのへのカッパ〜!!

「先生《せんせい》は、
ポン子《こ》ちゃんを
たすけるへの!」

そういって
へのカッパ先生《せんせい》は
ポン子《こ》ちゃんの
もとへ
かけだしました。

ハァ
ハァ

あみだ

ロープを つたって 頂上《ちょうじょう》を 目《め》ざせ！

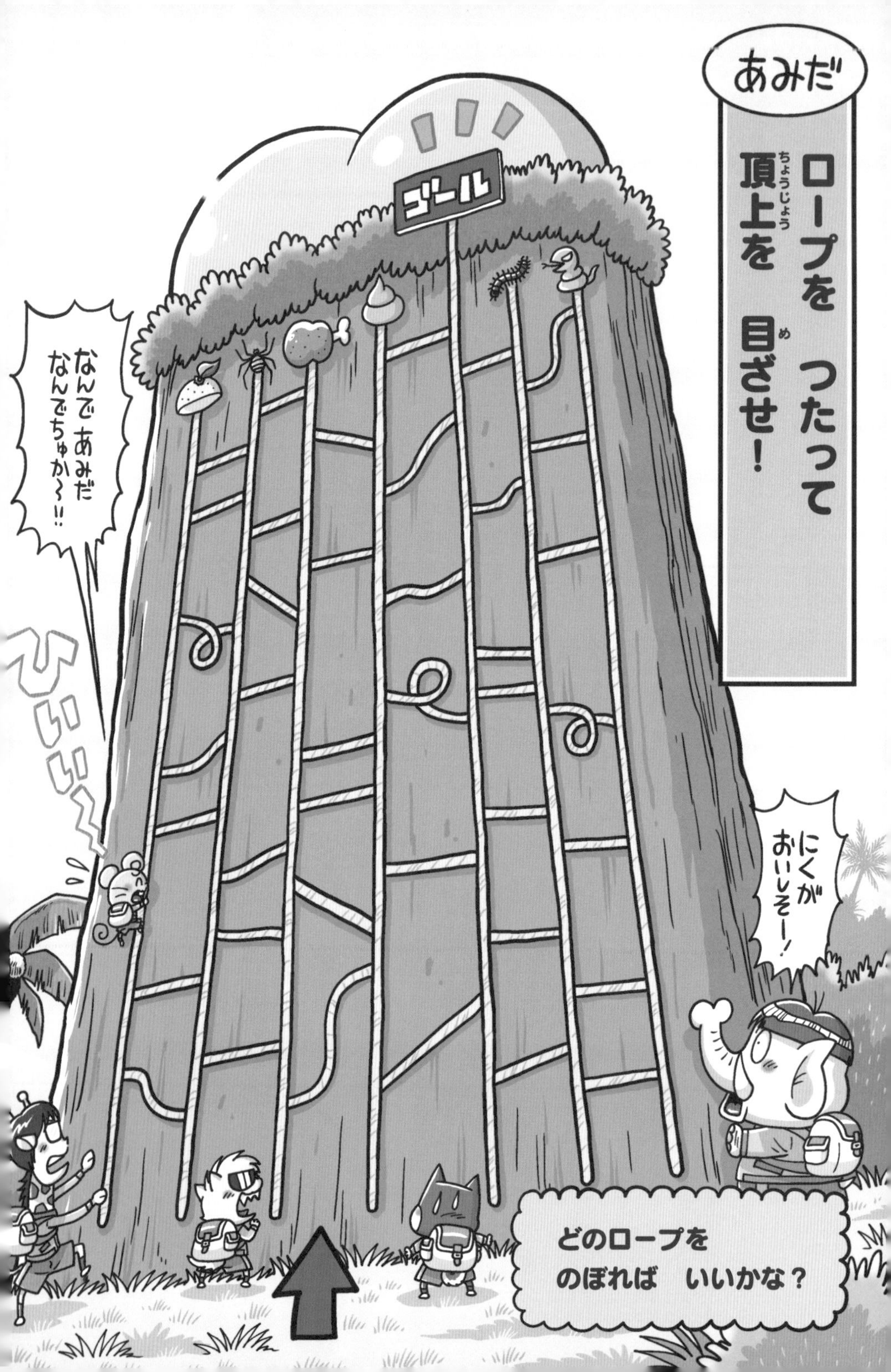
ゴール
にくが おいしそー！
なんであみだ なんでちゅか〜!!
ひいい〜
どのロープを のぼれば いいかな？

ポン子《こ》ちゃん だいじょうぶかな……
のぼれた〜!!
きっと へのカッパ先生《せんせい》が たすけて くれるよ!

そう おもって 下《した》を 見《み》ると……
へのカッパ先生《せんせい》は あたまの さらが かわいて
へろへろに なって いました。
「へろへろカッパへの〜!」

え〜〜!!
あんなに かっこよく たすけに いこうと してたのに!
カピ カピ カピ…
55ページ
ブシュー

オロチが 出《で》てきた ときに
おどろいて おさらの 水《みず》を
ふき出《だ》して しまったのです。

「みんなも
熱中症《ねっちゅうしょう》に　ならないように
えんそくでは
こまめに　水分《すいぶん》を　ほきゅう
するへの！」

ぷるぷる
それより　早《はや》く
ポン子《こ》ちゃんを
たすけてー！
そもそも
だれに むかって
はなしてるの～!?
ぷるっ。

「そんなの
へのへのカッパー！」
そう　いいながら
へのカッパ先生《せんせい》は
背中《せなか》の　こうらから
『こうらコーラ』を
とりだしました。

ばばーん
こうら
コーラ

こうらコーラ　150円《えん》
へのカッパ先生《せんせい》の すむ
りゅうじん沼《ぬま》で
つくられているコーラ。

こうらコーラで　カンチョー！
こうら　たまらんへのー♡
出《で》た——！

「ふっか〜〜っ!」
へのカッパ先生《せんせい》は
すっかり　もとの　元気《げんき》な
先生《せんせい》に　もどり
ました。

ぱぁぁ〜!
でも　元気《げんき》と　いっしょに
アレも　出《で》ちゃうん
だよね……

ぎゅるるるるるるるるるるるるるるるるるる
るるるるるる3るるるるるるるるるるるるる
るるるるるるるるるるるるるるるるるるるる
るるるるるるるるるるるるるるるるるろるる
るるるるろるるるるるるるるるる
るるるるるるるるるるるるるる
るるるるるるるるるるるるるる
るるるるるるるるるるるる3るる
るるるるるるるるるるるるるるるるるるるる
るるるるるるるるるるるるるるるるるるるる
るるるるるるるるるるるるるるるるるる〜!

へのカッパ先生《せんせい》の　おなかが
ものすごい　音《おと》を　立《た》てました。

う…
ヤ、ヤバイ…

かぞえ3!
☆このおなかの
おとのなかに
「る」はいくつ
あるかな?
すうじの「3」や
「ろ」もあるから
きをつけてね!

で、でる…
そうです。へのカッパ先生《せんせい》はあたまのおさらにこうらコーラを注入《ちゅうにゅう》すると……
シーン。。

あたまの
おしりがた
おさらから、うごいたり
いろんな　かたちに
なって　やくに　立《た》つ
『おたすけおなら』が
出《で》てくるのです!!

でたーー！
おたすけおなら!!
もあ
もあ…
今日《きょう》は どんな
かたちに なるのかな？
きぜつ中《ちゅう》
あーー！
あの
かたちはーー！
そのころ
ポン子《こ》ちゃんは、
オロチに おわれて
ふるい しんでんの
中《なか》に かくれて
いました。
ズズ…

さがせ！

オロチに　見《み》つからないように
ポン子《こ》ちゃんと　リューくんを　さがせ！

しんでんの　中《なか》は
どうぞうや　びじゅつひんで
いっぱいです。オロチが　目《め》を
ギラギラさせて　ポン子《こ》ちゃんを
さがして　います。

☆ネコも10ぴきいるよ！
さがしてね。
コーラ
福

ズズズ‥
だいじょうぶ！ あたしが ついて いるからね！

ポン子《こ》ちゃんは
ひっしで　リューくんを
だきしめました。

グ〜

しかし　そのとき、
タイミングが　わるく
ポン子《こ》ちゃんの
おなかが　なって　しまいました。

ガァァ
オロチは　大《おお》きな　口《くち》を　あけて
ポン子《こ》ちゃんに　せまってきました。
「うわあああ～～！　たべられちゃう～～！」
プリ
そのときです！
ポン子《こ》ちゃんの
まえに、
だれかが
立《た》ちはだかり
ました！
!!

それは
へのカッパ先生《せんせい》でした！
「先生《せんせい》、きてくれたの!?」
ポン子《こ》ちゃんは　なみだで
目《め》を　うるませながら、
よろこびの　こえを　あげました。

ザッ
ーてか、なんかちょっとかっこいい！

しかし！
ぱ!!
え…
く
なんと
へのカッパ先生《せんせい》は
いきなり
オロチに
たべられて
しまいました。
うそ〜〜!!
もしゃ
もしゃ…

ぼふん

と、おもったら、
オロチの　口《くち》の　中《なか》で
へのカッパ先生《せんせい》の　からだが
いっしゅんで　けむりのように
はれつしました。

プー!
う…

ど、どう
なってるの、
これ〜!

くっさ〜〜!

そうです、
たすけに　きてくれた
へのカッパ先生《せんせい》は……

じつは　今回《こんかい》の
おたすけおなら
だったのです。

おたすけ
おならが
でてるときは
きぜつしてる。
もあ
もあ…
ちょっと
イケメン
すぎパオ!!

さすがの　オロチも　おたすけおならの
においに　気《き》を　うしないました。
おかげで　とっても　くさかったけど、
ポン子《こ》ちゃんと　リューくんは
ぶじ　にげることが　できたのです。

くっさ〜

いろいろあった　えんそくだけど
ついに　みんなは　目的地《もくてきち》の
プリット山《さん》の　頂上《ちょうじょう》に
とうちゃく　しました。
いつのまに
ポン子ちゃん
たすかったへの？
ハハハ
プニュー
いいながめ――！
きぜつしてた
ので　ひとり
わかっていない。
そして、
みんな
おまちかねの
おべんとうの
じかんです。
いただき
まーす！
PONKO

それ、あたしのウインナーでしょーー！
プニュー

まだまだ　この　2人《ふたり》の
わがままは
なおりそうに　ありません。

ほら
デザート
いっしょに
たべよ！
プニュ♥

「でも、
あんたと　いっしょに
えんそくに　こられて
とっても　たのしかったよ！」

ポン子《こ》ちゃんは
それでも　すこしだけ
せいちょうした
みたいです。

きねんしゃしんを　とるへのよ〜〜！
ハイ　チーズ！
パシャ！

カメラの　がめんの　中《なか》に、一《ひと》つだけ　じっさいと
ちがうものが　うつっているよ。どこかな？

なんと！
お休《やす》みだった オトシ子《こ》先生《せんせい》が
うつっています！

先生《せんせい》！ ようじは
もう すんだの？
いま おわった
ところよ！

「たのしく えんそく できるように
うちの べっそうに なぞや しかけを
じゅんび してたのよ！」
オトシ子《こ》先生《せんせい》は いたずらっぽく
ほほえみました。
みんなは どういうことか わからず
ちんぷんかんぷんです。

フフ…
なぞや
しかけ…？
うち…？

そうです！　ここ　ぼうけんじまは　じつは
オトシ子《こ》先生《せんせい》の　うちの　べっそう　だったのです！
みんなは　びっくりぎょうてん　ひっくりかえりました。

つぎの日《ひ》、キノココ小学校《しょうがっこう》では
たのしかった　えんそくの
はなしで　もちきりでした。
そして　リューくんは、
みんなの　ねがいで
クラスの　一員《いちいん》に
なりました。

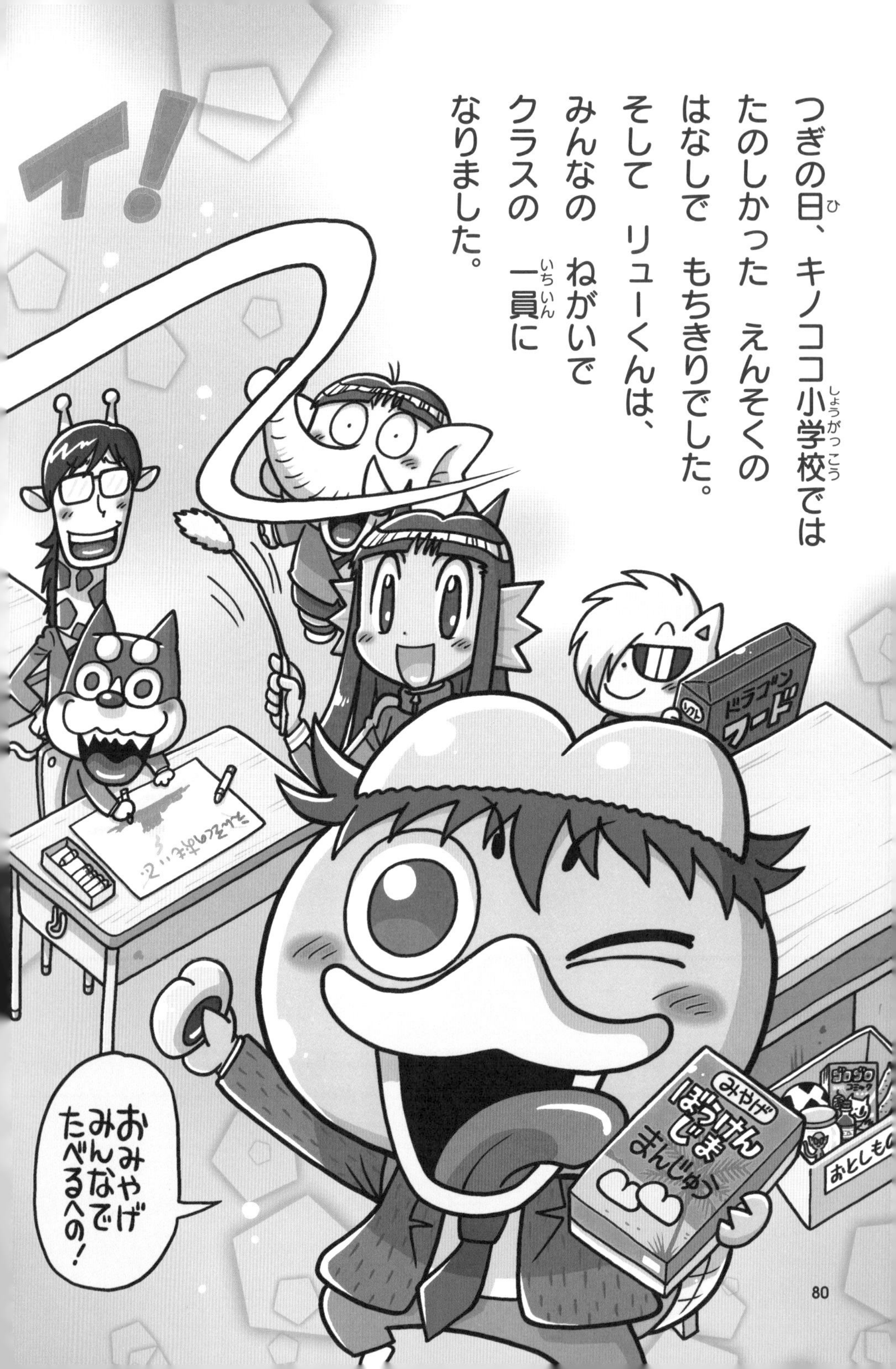

ピュー
トトト
リューが とべるように なった――！
ぼうけんじまで はぐれて まだ さまよっている 2人《ふたり》
ギャー
わすれるな ざます～～‼
ドッキドキえんそく ぼうけんじま！
おしまい
あれ……
でも なにか
わすれている
気《き》が……

こんかいの
への金《きん》
メダルは
ポン子ちゃんと
リュー
への〜〜！
あたしの〜〜!!
1
HENO
KAPPA
への

みんなも　ちょうせん！
ぬきうち　へのカッパテスト！

きょうしつに　入《はい》ってきた
へのカッパ先生《せんせい》が　とつぜん　いいました。
「ぬきうち　へのカッパテストを
やるへのー！」

もんだいを
見《み》た　みんなが
こえを　上《あ》げました。

ぬきうち へのカッパ テスト

なまえ

1 この　へのカッパ先生《せんせい》と
おなじ　かおの　えを　みつけなさい。

2 かんけいの　あるものを　せんで　つなぎなさい。

〈れい〉
へのカッパ
ポン子《こ》
ぱお太《た》
なが田《た》
大《おお》かみ
イナリ
さくしゃ カッシー

はな
めがね
カツラ
ハートの
かみどめ
コーラ
こうらコーラ
サングラス
カッシーって
おかし～！
だじゃれ

おちんちんじゃ ないよ。

3

この　シルエットは
なんでしょう？
れいを　さんこうに
じゆうに　かいてみましょう。

〈れい〉

ばんざいする
へのカッパ先生《せんせい》

おしりをだしながら
さかだちするへのカッパ先生《せんせい》

けつあごの
イナリ副校長《ふくこうちょう》（さかさ）

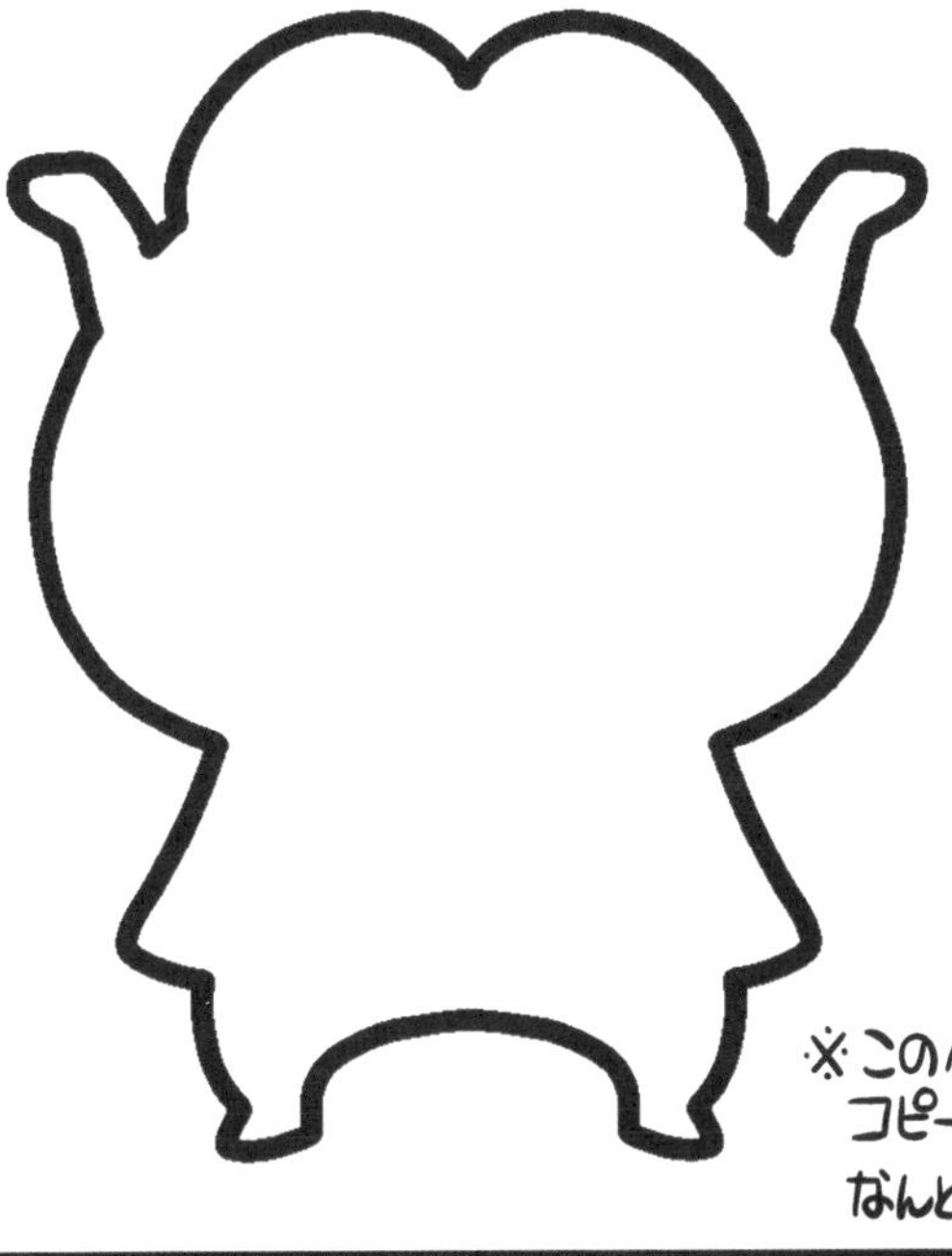

できたパオ!
びっくりがおの
しば山《やま》くん

クオリティーひどすぎるざます!!
かきなおすへの～!
イナリ先生《せんせい》のいいなり!

※このページの
コピーをとって
なんどもちょうせんしてね!

4　この　へのカッパ先生《せんせい》の　かおの　イラストに　おもしろラクガキを　しなさい。

※このページはコピーをとってやりましょう。

イケメンになるようにかくへの！
それはムリざます！

〈れい〉だいたんにかくのが ポイントへの！

おめめ パッチリの
女《おんな》の子《こ》にしてみたよ。
かわいい～♡
めがねとヒゲと
ぼうしのおじさん。
いっぱい目《め》を
かいてみたよ！
こわ…

5

数字《すうじ》の　じゅんばんどおりに　せんを　ひいて
えを　かんせい　させなさい。なんの　えが
出《で》てくるかな？　※これもコピーをとってやろうね。

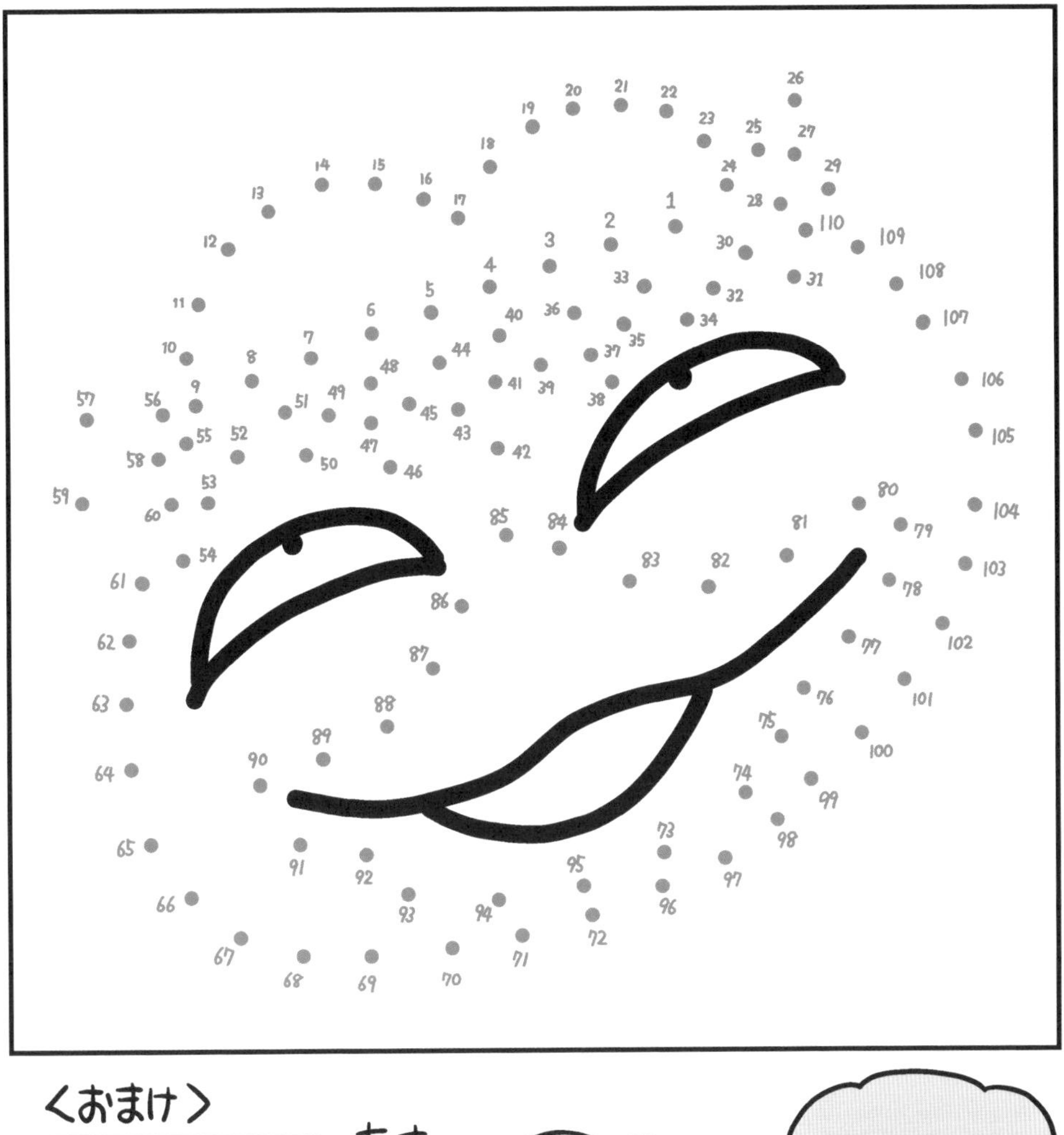

〈おまけ〉

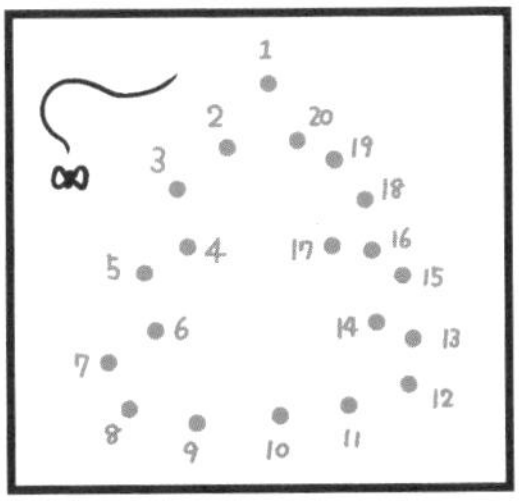

どうへの？テストはむずかしかった？
またちょうせんするへの！

おしまい

おまけ

☆リューくんが
この本《ほん》の中《なか》で なんかい
ウンチをしたか かぞえてみてね!

樫《かし》本《もと》学《まな》ヴ

愛称《あいしょう》カッシー。愛《え》媛《ひめ》県《けん》出《しゅっ》身《しん》。
本作《ほんさく》で読《よ》みもの作家《さっか》デビューの
まんが家《か》。
代表作《だいひょうさく》は、『学級王《がっきゅうおう》ヤマザキ』
『コロッケ！』ほか。

へのへのカッパせんせいシリーズ③
へのへのカッパせんせい
ドッキドキえんそくぼうけんじま！

発　行　2020年7月25日　初版第1刷発行

作・絵　樫本学ヴ

発行者　野村敦司
発行所　株式会社小学館
〒101-8001　東京都千代田区一ツ橋2-3-1
電話　編集03-3230-5432　販売03-5281-3555

制　作　木戸礼
販　売　筆谷利佳子
宣　伝　綾部千恵
編　集　野村敦司

印　刷　図書印刷株式会社
製　本　株式会社 若林製本工場
デザイン　百足屋ユウコ（ムシカゴグラフィクス こどもの本デザイン室）

© Manavu Kashimoto　Printed in JAPAN　ISBN978-4-09-289302-3

＊造本には十分注意しておりますが、印刷、製本など製造上の不備がございましたら、
「制作局コールセンター」(フリーダイヤル0120-336-340)にご連絡ください。
(電話受付は、土・日・祝休日を除く9:30～17:30)
＊本書の無断での複写（コピー）、上演、放送等の二次利用、翻案等は、
著作権法上の例外を除き禁じられています。
＊本書の電子データ化等の無断複製は著作権法上での例外を除き禁じられています。
代行業者等の第三者による本書の電子的複製も認められておりません。

もんだいのこたえ

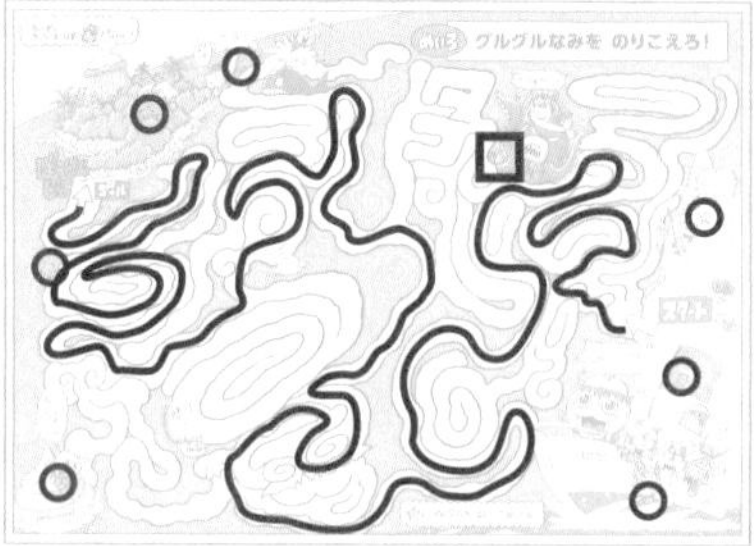
グルグルなみを のりこえろ!

[20～21ページ]
めいろのせいかい&ヒトデのばしょ

[19ページ]
おなじカモメのばしょ

[58ページ]
せいかいのロープ

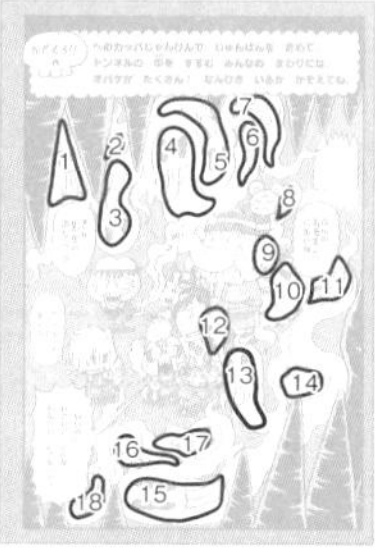

[32ページ]
オバケのかずは18 ひき

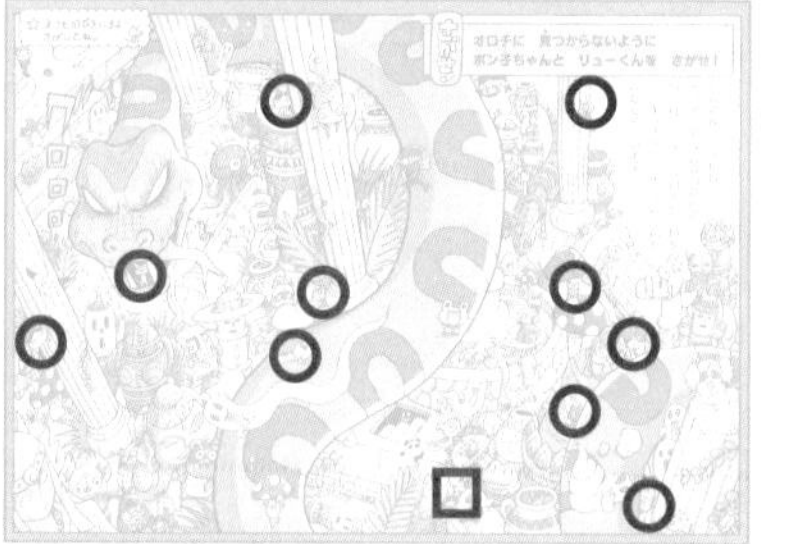

[66～67ページ]
ポン子ちゃん&リューくん、
10ぴきのネコのばしょ

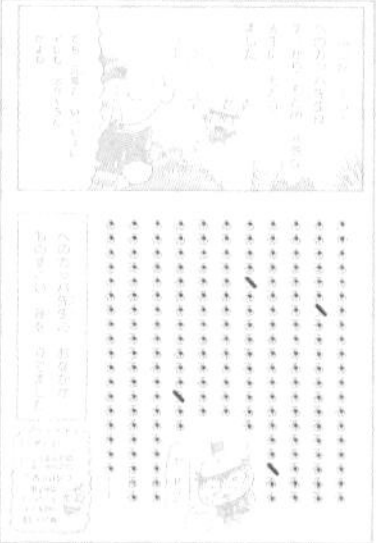

[62ページ]
「る」のかずは190こ

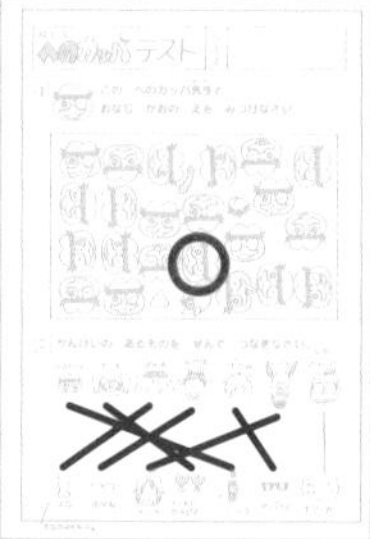

[84ページ]
テスト1と2のせいかい

[88 ページ]
せいかいは４かい
（15 ページ、34 ページ、
44ページ、69 ページ）